ما بـدأ لـن ينتهـي

(عودة لوسيفر– أسرى العالم السفلي)

يمنـى عبـد العزيـز

نورهـان سـيد

المصرية السودانية الإماراتية
للنشر و التوزيع

بطاقة الكتاب:

اسم الكتاب: ما بدأ لن ينتهي

اسم الكاتب: يمنى عبد العزيز – نورهان سيد

نوع الكتاب: رواية قصيرة

عدد الصفحات: 64 صفحة

المقاس: 14 × 20

رقم إيداع: 2021/16991

الترقيم الدولي: 3-13-6907-977-978

الطبعة: الأولى، 2021م

رئيس مجلس الإدارة

مها المقداد

للتواصل والطلب من داخل أو خارج مصر:
00201129195867-00201033966291

الغلاف والتنسيق الداخلي والمراجعة

فريق دار المصرية السودانية الإماراتية للنشر والتوزيع

فريق عمل
دار المصرية السودانية الإماراتية للنشر والتوزيع

تصميم الغلاف: أميمة علي

التنسيق الداخلي: هند محمود

دار المصرية السودانية الإماراتية للنشر والتوزيع-مها المقداد

+201289024055

Mahaelmukdad@gmail.com

تمهيد

إن كنت ضعيف القلب فلا تقرأ، ستصيبك لعنة الخذلان واليأس، وإن استطعت التحمل فأكمل التحدي إذًا!

مقدمة

انتبه.. ربما ماضيك قد يفيدك في ما يخص مستقبلك وحاضرك!

كل ما ستقرأه، اقرأه بتمهل وتركيز شديد، ربما سيحل ألغازًا كثيرة، لن تعرف حلها سوى في النهاية.

أطفئ أضواء المنزل واستمتع باللعنة، تخيل معي أن يتحول خوفك إلى حقيقة، يتجسد ما كنت تهرب منه من قديم الأزل إلى واقع، ماذا سيحدث لك آنذاك؟!

أود أن أخبرك أنك ربما لن تصحو مجددًا بعد القراءة، أو أنَّ ما ستقرأه سيجعل الرعب يداهمك في أسوأ كوابيسك.

قراءة ممتعة عزيزي القارئ!

(1)

في فرنسا تحديدًا بباريس، حيث موقع مُحتشد بالناس ويكثره الساكنون، في منزل "جاك".

جلس ثلاثتهم أمام التلفاز، ومعهم الفتاتان "سيلينا" و"جينيفر" يشاهدونه بملل وفقد الرغبة، أمسك "جاك" كأس النبيذ ليرتشف منه عدة رشفات ويفكر بـ كيف سيشغل وقتهم ويمتّعهم قليلًا، فلقد دعا أصدقائه حتى يقضوا يومين مع بعضهم البعض قبل أن يعودا والداه من الخارج، أنزل الكأس حتى لاحت على ذهنه فكرة "اللعبة التي تركها له أباه قبل أن يسافر محذرًا إياه بألا يلعبها مع أصدقائه أو بمفرده حتى لا يحل عليهم كل ما هو مكروه"، انطلق سريعًا للغرفة العليا دون أن يفكر.

ظل يبحث عنها حتى اهتدى إليها أخيرًا في أحد الرفوف المليئة بالأتربة، نفض عنها الغبار وأخذها ثم ذهب راكضًا إلى أصدقائه فقد وجدوا ما يكسر عنهم الملل ويزيح عنهم الفتور الذي أصابهم

منذ أن التقوا، بدأ الحماس بالتسلل إليهم رويدًا رويدًا وهو يهم بقراءة بعض الوريقات الصغيرة المهترئة الخاصة باللعبة، وعلى قدر حماسهم كانوا خائفين نوعًا ما مما سمعوه عن تلك "اللعبة" ولكن روح المغامرة لديهم قد اشتعلت ودفعتهم للعب مبررين أنها مرة ولن تتكرر وقد يحدث مالا يُحمد عقباه.

هتف "جاك" قائلًا:

- انتظروا قليلًا أقرأ معلومات اللعبة ثم نباشر.

صاح "بيتر" متحدثًا بعصبية:

- لا، لم أعد أتحمل الانتظار، فلنبدأ الآن.

وافق الجميع على حديث "بيتر"، فتزحزح "جاك" للخلف قليلًا حتى يستطع خمستهم باللعب، بدأ "بيتر" برمي النرد فظهرت كلمات أشبه بالطلاسم المنحوتة على صخر أو عمل أسود مُوضع في فم ميت.

فُزع الجميع أثر ما رأوه ولكن بررت "سيلينا" ذلك بأن اللعبة قديمة للغاية وقد تكون تعرضت لعطل بعض الشيء أو حاولت

إقناع نفسها بذلك، لكن الجميع صدّق حديثها إلا "دانيال" كان متوترًا ويعلم بداخله أن تلك اللعبة ربما تكون متوحشة.. غير عادية مثل باقي الألعاب، لكن توتره زال تدريجيًا عندما اندمجوا جميعهم في أجواء اللعبة حتى انقطعت الكهرباء فجأة وكل شيء توقف، حتى أصوات جيرانهم، لم يعد لهم مكان، الضوضاء لم تعد! ذلك غريب عن العادة في مثل تلك المناطق المكدسة بالسكان.

أستعاد "جاك" رابطة جأشه وهتف بحشرجة:

- سأذهب لأرى الكهرباء إن قُطعت عندنا فقط أم بالحي الذي نقطن فيه، وسألقي نظرة على الجيران أيضًا.

هز الجميع رأسه بإيجاب ولكن قالت "سيلينا" بخوف حاولت إخفاءه:

- أخشى أن تكون اللعبة من فعلت ذلك.

نظر إليهم "بيتر" بنفاذ صبر قائلًا بعدم تصديق الخرافات التي يطلقونها تجاه اللعبة اللعينة:

- اهدأوا قليلًا، إنها مجرد لعبة منقوشة بثلاثة أحرف، لن تقطع الكهرباء يا رفاق، لا تكونوا جبناء!

علل "دانيال" خوف الجميع هاتفًا:

- ولِمَ لا، فقد أخبرني "جاك" أن والداه قد حذراه من اللعبة، وأنها ليست طبيعية كباقي اللعب، يا ليتنا لم نسمع كلامك "بيتر"! يا ليتنا قرأنا معلومات اللعبة!

تركهم "جاك" بعد أن انتابه القليل من الخوف والذعر ثم توجه لعمود الكهرباء وفي يده الأخرى كشاف هاتفه.

هنا كانت الصدمة بحق مفاتيح الكهرباء كما هي، لم يلعب بها أحد، علاوة على ذلك وجود الكهرباء في الحي القانط به، أي الكهرباء منطفئة.. مقطوعة فقط في منزله، ركض سريعًا مُخبرًا رفاقه بما وجده ليعتلي الذعر وجوه الجميع وبالأخص "دانيال" الذي اقتنع الجميع بحديثه وصدقوه ولكن متأخرًا.

- ألَم أقل لكم أن تلك اللعبة غير طبيعية، وتلك الأحرف المنقوشة غير مفهومة وستُسبب لنا المشاكل والمتاعب.

خرجت تلك الكلمات من فاه "دانيال" المرتعب والذي بدأ جسده يصب عرقًا غزيرًا ويبدو أن نسبة السكر قد انخفضت في الدم.

تحدثت "جينيفير" وهي تحاول طمأنتهم بملامح خائفة ونبرة مهتزة، حاولت إخراجها ثابتة ولكن لم تستطع:

- لا أعتقد أن هذه اللعبة الخرقاء البالية قد تفعل ذلك يبدو أن للأمر سببًا آخر.

هنا انفجر "جاك" وفقد أعصابه قائلًا بغضب عارم: لم تفهمين صحيح، هل أنتِ غير مدركة بما أخبرتكم به مفاتيح الكهرباء من المفترض أن تعمل الآن ولكن يحدث عكس ذلك.

وهنا ظهر طيف شخصًا ما لا يملك جسد وكأنه أشبه بشيطان ممتلك، صوت أثلجهم عن الحديث، فحيح أفعى.. حية ممتزجة بـ صُراخ أبرياء عانوا من تلك اللعنة، صمت الجميع خوفًا من أن تقترب تلك الحية إليهم، الذعر ألجم ألسنتهم جعلهم غير قادرين على النطق ثم قالت تلك الأفعى بنبرة خبث:

- أردتم أن تلعبوا، فحان وقت اللعب الجماعي!

هتفت تلك الكلمات مع ضحكة شيطانية صدرت منها وفي خلال ثوانٍ اختفت وأُضيئت الأضواء في لحظة، نظر جميعهم لـ بعضهم البعض، ونظرة الربكة مُعتلية وجوههم والقلق متمكن من أفئدتهم، خرج الجميع من منزل "جاك" في دقيقة واحدة، ما عدا صاحب المنزل مكث بمفرده، وما زالت الصدمة معتلية وجهه، وقبل أن يغادر الجميع بلحظة ويتركونه وشأنه هتف "دانيال":

- لا أريد أن أراكم في حياتي مرة أخرى، ولا تتصلوا بي ثانية.

ثم أضاف جملة أخرى بعصبية:

- لعنكم الله! ستؤذونني حتمًا.

ومن ثم غادر الجميع في لمح البصر، بقي "جاك" على حاله، غير مصدق... غير مدرك لما حدث.

أدرك حينها أن الأمور ستزداد صعوبة ولن تمر مرور الكرام، أمسك اللعبة بانفعال بدى بوضوح على معالم وجهه وراح يحطمها بكل ما أوتي من قوة وجبروت حتى نجح وظن أنه تخلّص منها، وبعد عدة ثوانٍ سمع أصوات قادمة من البهو، ذهب هناك ليجد "اللعبة" مستقرة في محلها وكأن شيئًا لم يكن، تناثرت أحلامه بالخلاص منها

وذهبت بين أدراج الرياح وزاده ذلك يقينًا أنهم وقعوا في مأزق كبير أشبه ببئر عميق لا يكون النجاة منه ممكنًا، لا نهاية لتلك اللعنة التي حلت على أدمغتهم جميعًا! لا مفر!

*****

تركض بسرعة كبيرة وهي تحاول الهرب من شبح عملاق كاد أن يفتك بها للتو لولا أنها استطاعت الهرب منه، وفي أثناء ركضها تدحرجت قدماها وسقطت في بئر عمقه يتعدى المئة وخمسون مترًا حتى استيقظت فزعة من نومها وهي تردد بعض الكلمات الغير مفهومة كالطلاسم!

تلهث بقوة واضعة يدها على نبضات قلبها، تضرب بشدة صدقًا!

أمسكت هاتفها ويداها ترتعش، بحثت عن رقم صديقتها "سيلينا"، بمجرد ما قامت بالضغط على الاتصال أُغلق هاتفها والمروحة المعلقة بالسقف تعطلت عن العمل، الكهرباء انقطعت مرة ثانية ولكن في منزل "جينيفر"!

وعلى حين غرة، ظهرت الأفعى مرة أخرى وتلك المرة تلوح على شفتيها ابتسامة خبث ممتزجة ببعض المكر قائلة لها:

- العيش لمن يستحقوا، إن أردتِ العيش فليس أمامك غير ذاك.

ثم نظرت للمسدس التي أتى من العدم مع الأفعى، فهمت إلما ترمي إليه، اختفت الحية مرة أخرى وهي تكاد تجزم أن ما تراه ليس حلمًا أو هلاوس تشعر كأنه حقيقة!

في تلك الأثناء دخلت والدتها الغرفة، قطعت حبل أفكار ابنتها قائلة لها:

- مُنذ متى أتيتِ يا "جينيفر" اعتقدنا إنكِ ستبيتين اليوم مع أصدقاءك.

تنفست الفتاة بعمق ثم هزت رأسها بلا ووضعت يدها على وجهها لمدة ثوانٍ ومن ثم أنزلتها من على وجهها، وكادت تخبر والدتها بما رأته الليلة وما قسته طوال اليوم، لتتفاجأ أن والدتها اختفت من الغرفة، إنها هلاوس! والحجرة ما زالت على وضعها كما وكأن الحية والأم لم يدخلاها قط!

*****

كانت تجلس داخل غرفتها بوضعية القرفصاء تسند ركبتيها أسفل ذقنها برعب حقيقي سيطر عليها، كلما حاولت إخراج نفسها من قوقعتها تعود لنفس النقطة المؤلمة حتى قطع تفكيرها وزاد ذعرها ولوج شقيقتها "سيدني" فجأة إلى غرفتها تقول بصوت خفيض يصل إلى مسامع تلك المرتعبة أمامها.

- لِمَ أراكِ مرتعبة هكذا ألم تعجبكِ اللعبة؟

شهقت بقوة ووضعت يديها على فمها تكتم شهقاتها وهي تتساءل كيف علمت شقيقتها بأمر "اللعبة" فهي لم تروِ لها أي تفاصيل بعد.

- لا تستعجبين فقد كنت برفقتكم منذ أن أحضرتم اللعبة وحتى فراركم هاربين.

جحظت عينيها بشدة وازداد ارتعابها أكثر وهي ترى تحوّل "سيدني" إلى أفعى عملاقة تبث سمها في وجهها، وبدون سابق إنذار هجمت عليها بوحشية قائلة لها:

- لا مفر! لا مفر، سيلينا.

(2)

صرخت بقوة حتى كاد صراخها يفتك بالمنزل، أغمضت عينها سريعًا وهي تستغيث، وفي لمح البصر لم تشعر بشيء.. أيعقل أن تكن ميتة لذلك لا تشعر بوجود أحد معها في الغرفة؟ فتحت مقلتيها تدريجيًا، حتى رأت الفراغ يُحيط بها من كل جانب، لم يكن أحد بالغرفة من الأساس، دلفت شقيقتها "سيدني" سريعًا للغرفة وهي تلهث قائلة لها بخوف:

- ما بكِ سيلينا، هل أصابك شيء؟

ثم اقتربت منها وفي كل خطوة تخطوها "سيدني" تبتعد "سيلينا" حتى هتفت "سيلينا" بذعر:

- أرجوكِ سيدني، لا تقتربي رجاءً!

وقفت في مكانها عندما وقفت شقيقتها الأخرى عن التحرك.

أغمضت "سيدني" عينيها ووضعت يدها على وجهها، هزت رأسها يمينًا ويسارًا، ثم أنزلت يديها بجانب جسدها في لمح البصر، دققت النظر في وجهِ "سيلينا" قائلة لها:

- لقد حذرناكِ بكل الطرق يا سيلينا، بألا تلعبي تلك اللعبة! ولم تسمعِ حديثنا أو همسنا حتى!

انتباها الذعر والجبن مرة أخرى قائلة:

- أرجوكِ لا تقولي لي أنك الأفعى.

- لست هي، أخبريني ما الذي رأيتِه بالتحديد؟

انزلقت قدما سيلينا على الأرض وبدأت مقلتاها تُسقِطان شلالًا من الدموع ونحيبها يزداد أكثر فأكثر.

وهي تروي لها تفاصيل ما حدث.

- أقسم لكِ كانت مجرد لعبة أردنا أن نزيح الملل عنا بها.

بدأ صوتها يتحشرج وهي تسترسل حديثها:

- وعندما اندمجنا مع الأجواء المثيرة وجدنا الأفعى تظهر لنا من العدم وهي تبث سمها نحونا وكأنها ستلتهمنا.

نظرت لها "سيدني" بنظرات حزينة مشفقة عليها مما قد يحدث لها، بدأت تحفزها أن تُكمل حديثها.

استجمعت شجاعتها التي كانت قاب قوسين أو أدنى من فقدانها في تكملة ما حكته واختتمت حديثها بسؤال غير مُتوقع لشقيقتها.

- ولكن كيف عرفتِ بكل تلك الأمور، أنا لم أخبرك؟

سيدني بنبرة لينة وملامح وجه بشوشه:

- هل نسيتِ يا عزيزتي أنني مُباركة وحافظة للكتاب المقدس عن ظهر قلب.

اقتنعت "سيلينا" بحديثها، فشقيقتها ساعدت الكثير من الناس قبل ذلك بفضل علمها الكبير وخبرتها الواسعة التي تُسخرهم لمساعدة الآخرين دون مقابل فمثيلتها من الناس قاربت على الاختفاء.

خرجت "سيدني" من الغرفة وهي تُفكر في حل لتلك المُعضلة التي حلّت على شقيقتها ورفاقها تاركة خلفها جسد ينهشه الخوف ويكاد أن يُفنيه خصوصًا بعد رؤيتها ظل الأفعى على الحائط!

*****

أنار "جاك" أضواء المنزل ليلًا وحمل هاتفه ثم جلس أمام شاشة التلفاز، ظل يقلب في القنوات حتى أستقر على قناة يتابع بها مسلسله المفضل، في لحظة ظهر أبطال المسلسل الذي يشاهدهم ينظرون له ويتمتمون بكلمات غريبة! وكأنها كلمات طامسة لا معنى لها، لم تُكتشف من قبل، غيّر القناة وأتى بغيرها، هدّأ من روعه وأقنع نفسه أن القناة أجل أوانها فقام بتغير القناة واستقر على غيرها وما زال الذعر ينهش في فؤاده والقلق يسيطر على نبضات القلب، وباله مشغول بأن يحدث له شيء، في تلك الأثناء ظهر أبطال مسلسل آخر مجتمعين حول المنضدة في المشهد ناظرين له متمتمين بطلاسم ويزداد نبرات صوتهم تدريجيًا، أمسك ريموت التلفاز وغيره ففجأة تتغير كل القنوات في لحظة واحدة وكأن شخص يقلب في التلفاز باحثًا عن شيئًا ما يتابعه، هذا ما حدث الآن، وأبطال المسلسل المفضل له والمسلسل الآخر مجتمعين وعلى أفواههم ضحكة خبيثة، ما زالوا يلقون الكلمات الغريبة، انطفأ التلفاز في لمح البصر وتبعًا له انطفأ أنوار المنزل بأكمله، أمسك هاتفه سريعًا حتى ينير، فتح الكشاف وظل ينظر في كل الاتجاهات حتى استقرت عينه على ظل يتحرك تجاهه... شيطان أو ما شابه...

ينطفئ نور الجهاز وينيرها تارة وينيرها تارة أخرى تجاه الظل ويقترب الظل أكثر فأكثر، شعر أن قدماه لم تكن له يومًا.. لم تتحرك قيد أنامله، ما زالت تنتظر ذاك المتخفي حتى ينقض على "جاك" انطفأ نور الجهاز مرة أخيرة ولكن طالت المدة وشعر بجسدٍ يلامسه، حاول أن يُنيرها لكن لم يستطع فرفع نور شاشة الهاتف تجاه المكان الظل، رأى ذاك الخبيث ينظر إليه، إنه أمامه ولا يفرق بينهم غير عدة إنشات لا تُذكر... أكّد حدسه بأنه الشيطان لا محالة، انتابه الخوف... الرعد... الذعر، أمسكت "الأفعى" المتحولة في شكل "شيطان" فمه بيديها الإثنين، وكأنها تريد اقتلاع الرأس عن الجسد، نظر في عينيها وظل يرمش كثيرًا، رأى إرادتها في قتله، ودموعه لا تتوقف، قدماه قد خارت قواهما، لكن لم يسقط ضريع الأرض، قوة الأفعى سيطرت على جسده، فتحت فمه، طار نصف الأعلى في موضع آخر وبقي النصف الأسفل مع الجسد، ثم تركت الأفعى جسده يهوي على الأرض وعلى شفاها بسمة مرعبة.

أستيقظ سريعًا من ذلك الحلم المفزع، تلمّس جسده رأى نفسه ممدد على الكنبة وأمامه التلفاز يشاهد مسلسله المفضل، حدث له مثلما حدث في حلمه، ولكن تلك المرة تفوه أبطال المسلسل

بطلاسم، وأغلق التلفاز والنور في لحظة، ولكن نور تلك "الحية" كان مشعًّا جدًّا.

نظرت له "الحية" قائلة:

- العيش لمن يستحق، القتل أولًا ثم كل شيء.

في لمح البصر اختفت مثلما أتت، وأُنيرت الأضواء وعادت وكأن ما حدث شيئًا...

*****

على الجانب الآخر كان "بيتر" لا يكترث لمَ حدث وكأن شيئًا لم يكن، بالأحرى يرى أن ما حدث مجرد هرتلات وخرافات لا أساس لها من الصحة وأن اللعبة لن تفعل كل ذلك فهي قطعة خشب لا تُفيد حتى، دلف إلى المطبخ يُحضر بعض الوجبات الخفيفة فما حدث استنزف جزء من طاقته ويجب أن يعوض ما فُقد، هذا كان ما يجول بخاطره حينها.

قُرع جرس الباب ليتأفف ويقوم ليرى الطارق على مضض فقد قاطع وجبته الشهية.

- من أنت وماذا تريد؟

نطق "بيتر" بتلك الكلمات وعلامات الاستفهام على وجهه.

- أنا قدرك... قدرك الأسود، لن تستطيع الإفلات منه مهما حاولت ومهما بذلت من جهود ستذهب كل محاولاتك كأنها لم تكن.

هنا انفعل "بيتر" وخاصةً أن حديثه دب الرعب في قلبه ليهتف وهو يلهث بخوف، تعجب من قوة لسانه التي هتفت من فرط عصبيته التي اختفت في لحظة!

- من أنت بحق الجحيم ولمَ تقول لي ذلك الحديث هل جُننت؟ هل تعلم من أنا!؟

- يبدو أن ذاكرتك سيئة، ألم أقل لك أنني قدرك الذي لن تهرب منه.

كاد يتحدث "بيتر" ليجد الشخص اختفى من أمامه كأنه لم يأتي من الأساس، يبدو أنه أخطأ في حساباته وأن الأمر الذي لم يهتم له سيحدد مصيره ومصير الآخرين، وأصبحت حياته على المحك!

*****

وصل "دانيال" أخيرًا لمنزله فهو يقبع في الولاية المجاورة لهم، أخرج مفتاحه وبصعوبة فتح الباب ويُعتبر وصوله إلى المنزل معجزة في حد ذاتها، دلف وأشعل الأنوار تبعه إلقاء جسده على أول أريكة في طريقه ليزيل عنه عناء ما حدث قبل ذلك ومشقة الطريق المليء بالصِعاب، ولم يلبث إن غاص في نومٍ عميق ليصحو بعدها فجأة على اهتزاز المنزل بطريقة مُفزعة أشبه بزلزال قوته تفوق ٩ ريختر أو يزيدون، سقط على الأرض بعشوائية ولكن تضاعف خوفه أضعاف عندما رأى المنزل تحول لحجرة في باطن الأرض، لا يوجد أبواب أو نوافذ فقط حوائط أربعة تُحيط به من أربع جهات، إن قلت أن خوفه قبل ثوانٍ لا يُضاهي شيء أمام خوفه مما يراه الآن، أيادٍ مليئة بالدماء تخرج من الحائط محاوطة إياه من جميع الجهات تنتظر الأمر بإنهاء حياته ولكن لم يحن الوقت بعد، ما زال الأمر مطولًا، تلك فقط البداية!

فجأة اختفت الأيادي كما ظهرت وحل مكانها أفاعي سامة صغيرة جدًا تسير نحوه بسرعة أشبه بالصاروخ وتلك المرة على وشك التنفيذ ولن تنتظر أمر.

صرخ صرخة دوت في أرجاء المكان، فأستيقظ وهو يلهث، ظل يتحسس جسده رآه كما هو، ممدد على الأريكة، تنفس الصعداء وهو يحاول تهدئة قلبه لما حدث، وما زال القلق محتلًا جزءًا من فؤاده وهو يشعر أنه لم يكن حُلمًا.

(3)

ظلت الظلال تطاردهم بأي مكان يقبعون به، إلى أن انقضت عدة أيام وحان الوقت.

بـ مكانٍ ما يسوده الظلام الدامس وتشوبه رائحة قوية للغاية، كريهة جدًا كرائحة الأموات في مرحلة تحلل الجسد، تتزين حوائطه بنقوشٍ غريبة أشبه بنجوم كبيرة تتدلى منها الدماء، وعلى بعد مسافة قليلة من الباب يوجد عرش كبير جدًا للدرجة أنك تظنه من الوهلة الأولى أنه عرش لأحد الملوك العظماء ولكن مهلًا فهو ليس لأحد الملوك وإنما "لوسيفر".

دلفوا إلى ذلك المكان مرة واحدة في نفس الوقت، من أنحاء البوابات الخمس، لو كانوا على موعد محدد مسبقًا ما كانت لتحدث تلك الصدفة، هتف "دانيال" بصعوبة من بين لهاثه:

- ماذا تريد "بيتر"؟ لمَ طلبت مني المجيء إلى هنا؟

تحدث الآخر بضيق وهو يلوّح بيديه في الهواء بغضب:

- لم أطلبك للحضور، بل "جينفير" هي من أرسلت لي رسالة تطلب مني القدوم إلى هنا.

- ماذا تهذي الآن! لم أبعث لك شيء، بل بالعكس أتتني رسالة من "جاك" يخبرني أن آتي إلى هنا.

صاحت بها "چينيفير" بضيق ممزوج بغضب:

تشدق "جاك" بسخرية وهو ينظر لها يُشير إلى "بيتر": هل أصابكِ هذا الأبله بالجنون، أنا لا أتذكر أنني أرسلت لكِ رسالة، "سيلينا" بعثت لي رسالة تطلب مني أن نجتمع في هذا المكان.

نظرت "سيلينا" بصدمة إلى "دانيال" هاتفه:" لا لم أتصل بأحد، بل جاءتني رسالة من "دانيال" وهو من طلب مني المجيء هنا.

نظر جميعهم لبعضهم البعض وبدأت المشاجرة بينهما وكلًا منهم يعرف أن الآخر يكذب عليه حتى هتفوا جميعهم في صوتٍ واحد وبنبرة عالية: أنا لم أرسل أي رسالة إلى أحد.

أحدث صوتهم دويًا عاليًا جعلهم يعاودون النظر بعضهم بعضهم ولكن تلك المرة تغيرت ملامح الغضب وحلّ محلها الخوف والتردد وربما هم على وشك الانهيار.

صدمة تليها أخرى... خوف وذعر تملّك أفئدتهم، وكأن الموت لا هروب منه لا محالة! ذهبوا بأقدامهم للجحيم، فلتخمد نار الجحيم بوجودهم!

كاد أحدهم أن يتحدث حتى قاطعه صوت هائل يقول بلهجة حادة: أنا من جمعتكم في ذلك المكان حتى تستطيعوا الخلاص من اللعنة التي حلّت عليكم بسبب اللعبة.

- من أنتِ؟ وكيف ستساعديننا؟

صاحت بها سيلينا بخوف.. عصبية، امتلكتها عدة مشاعر مُرعبة لا تستطع وصفها!

- اهدئي "سيلينا" أنتِ تعرفينني حق المعرفة، أما عن كيف سأقدم لكم المساعدة فستعرفين الآن.

بمجرد أن انتهت من حديثها حاوطتهم دائرة نارية كبيرة من جميع الجهات وأصبحوا داخلها ولا مفر!

صرخوا جميعهم وكلما حاولوا الخروج منها تضيق أكثر وتشتعل النيران بشكلٍ أقوى يجعلهم واقفون محلهم كما هم.

صدح الصوت مجددًا: إن أردتم أن تتخلصوا من لعنتكم عليكم بأن تلعبوا لعبة أخرى داخل اللعبة التي أحييتموها.

بدا الرفض على ملامح وجوههم فلم يتخلصوا من اللعبة الأولى حتى يبدأوا في الثانية، لم يدم رفضهم كثيرًا، فليس أمامهم شيء ليتخلصوا من اللعنة سوى تلك اللعبة.

بدأوا يلعبون بلعبة أشبه بلعبة "ويجا" ولكن لا تُخبرهم بمستقبلهم بل تطلب منهم أمور واجبة التنفيذ ليست جائزة.

بعد وقتٍ كافٍ انتهوا من اللعبة التي طلبت منهم ثلاثة أمور يجب أن يفعلوها عاجلًا غير أجلًا وجاء طلبها الأول مقتل اثنان من الحيوانات الأليفة والثاني إضرام النيران في أحد جمعيات كبار السن والثالث كان أكثرهم تعقيدًا، فمن سيستطيع حرق جثث

الأموات داخل مقبرة مظلمة في الثانية بعد منتصف الليل!! ولكن لأجل نجاتهم يفعلون كل شيء.

وقع الاختيار على "دانيال" و"جاك" التوجه للمقبرة في منتصف الليل.

بعد أن أسدل النهار ستائره، دقت الساعة الليلة قد حان منتصف الليل! أمسك "دانيال" الحطب المشتعل، وبجانبه "جاك" الذي يرتعد خوفًا أكثر من دانيال الصامد إلى حدٍ ما، أو كما مثّل عليه، أضرم النيران في كل مقبرة يخطو بها والآخر "جاك" فعل ذلك ولكن.. في لحظة أمسكت جثة مم من على الأرض بقدمه تجذبه بشدة ليسقط داخل باطن الأرض، لا صراخ ولا بكاء فلم يعد مسموح بالعودة، ما بدأوه لابد أن يكملوه للآخر، ولا عزاء لكل خبيث، بعد أن أنتهى "دانيال" من إضرام النار، تلّفت حوله باحثًا عن صديقه، لم يره، ظل يصرخ باسمه راكضًا في كل مكان، ينادي بأعلى صوت، يلتفت يمينًا ويسارًا بحثًا عنه، لا صوت، لا استجابة، وضع يديه خلف رأسه، والخوف ينهش قلبه، دقات فؤاده لا تهدأ، سمع صوتًا ما يصدر عن باطن الأرض، وصل لمسامعه جملة جعلته

يركض ويترك المقبرة دون رجعة " من أشعل النيران بقبورنا لن يهنأ ليلة في نومه، إننا نعود لا ننتهي".

وصل لأصدقائه الذين كانوا بانتظارهم، فُوجئوا بوجود "دانيال" بمفرده، قص عليهم ما حدث ورسالة المقبور التي لا تنبأ بأي خير، سأله "بيتر" محاولًا بث الهدوء في قلوبهم:

- أعتقد أن تلك هلوسات نالت من عقلك "دانيال"، أنت تريد الراحة أليس كذلك؟

نظرت "چينڤير" إلى "بيتر" والخوف... الذعر.. الغضب يعتلان ملامحها قائلة له:

- لا تصدق ما قاله "دانيال"! ألست أنت صاحب فكرة بأن نباشر في اللعب دون قراءة معلومات اللعبة حتى؟ متى ستصدق إننا قد وقعنا في فخ حية تلجم؟؟

قالت عباراتها ودموعها لا تتوقف، نعم فهي تنطق بحق، ركزت "سيلينا" مع حديث صديقتها، التي استطاعت حل جزء من اللغز هو "معلومات اللعبة"، كيف ذهبت تلك الفكرة عن مخيلتهم،

يمكن إن قرأوا تلك المعلومات يعلمون أين يقبع "جاك"، صاحت "سيلينا" قائلة:

- أين ترك "جاك" اللعبة؟

نظر الجميع نحوها فقال دانيال مُجيبًا:

- ربما تركها في مكانها، في منزله.

- إذًا فلنذهب ونأتي بها.

هتفت بها "سيلينا" لترد عليها "جينثير" مستفهمة:

- حددي ماذا تريدين سيلينا؟

- ربما إن قرائنا معلومات اللعبة، سنجد "جاك"

- حسنًا، فلتذهبوا الآن لتنفيذ باقي المهام وأنا و"دانيال" سنتدبر الأمر ونحاول إيجاد "جاك"

أومأت الفتيات رأسهم بإيجاب وانطلق كلًا منهم إلى وجهته.

*****

- ما هذا بحق الجحيم يبدو أن الحيوانات الأليفة قد انقرضت، بغضًا إنه حظٍ سيء، ماذا سنفعل الآن؟

قاطعتها "سيلينا" بسرعة وهي تشير إلى مكانٍ ما: انظري إلى الزاوية توجد هرة كبيرة وصغارها فلنتخلّص منهما حالًا قبل أن يرانا أحد.

وبالفعل ذهبا إلى حيث توجد الهرر وشرعا في قتل الصغار أولًا وكأن ما بين صدورهم ليس قلبٍ أو ما شابه وإنما شيطان صغير لا يعرف الرحمة، يود الشرع في قتل كل شخص أراد أن يضع حياته في الجحيم!

ظلّت الهرة تموء وتبكي على صغارها حتى باغتتها "سيلينا" بضربة قوية جعلت الدماء تطاير على وجهها، ثم جلست على ركبتيها قائلة بأسفٍ كاذب: عذرًا يا صغيرة لم يكن لدينا أي نية لإيذائك ولكن حياتنا الآن تعتمد على موتك وقد أتممنا لما جئنا به!

- والآن أين سنجد مأوى كبار السن.

نظرت إليها "چينفير" قائلة وهي تسير نحو سيارتها: أسرعي للركوب، أعرف أحد دور رعاية للمسننين.

تهللت أساريرها وانفرجت شفتاها بابتسامة بسيطة فقد بقي على إنقاذهم القليل، فقط القليل كما تظن!

وصلت السيارة بعد عدة دقائق وأسرعوا بسكب عبوات الكيروسين على المبنى كاملًا ولم يلبث حتى اشتعلت النيران وهُدم المبنى إلى أن أصبح زائف.. لا وجود له!

*****

وصل "دانيال" و"بيتر" أخيرًا إلى منزل "جاك" وأخذوا يبحثون عن اللعبة وبصعوبة بالغة استطاعوا إيجاد معلوماتها ولكن ما قرأوه جعلهم يتسمرون محلّهم والصدمة مرتسمة على معالم وجوههم.

"لن ينجو أحدًا فالموتُ محتوم، كُتبت الأقدار ولن تستطيعوا الفرار حتى تتحلل شفرات العالم السفلي وترقد الأرواح في سلام"

"م. ب. ل. ي.

نظر الصديقين لبعضهم البعض والذعر مرتعب على وجوههم بعد أن جمعوا الكلمات وحاولوا قرأتها، لم يستطيعوا فهمها أو

قراءتها بلهجة سليمة، أتت "بيتر" فكرة الذهاب لسيدني شقيقة "سيلينا"، الوحيدة التي ستحل اللعنة وتفكها عنهم -كما يزعمون-، أمسك بيتر اللعبة بيده وفي يده الأخرى مفاتيح السيارة، ركبا السيارة بعد محاولة عظيمة من فتح أبوابها، بدأت السماء ترعد بصوتًا أشد، متملكها البرق يضرب منازل وعمارات عالية البناء، مع سقوط الأمطار الغزير، فخروج تلك اللعبة من المنزل لأمرًا خطيرًا بحق! في حين سيرهم بالسيارة سقط جذع شجرة في كل طريق يسيران فيه، عزم "دانيال" أمرهما وأمسك اللعبة وخرج بها من السيارة وظل يركض تحت أنظار صديقه الآخر "بيتر"، في حين تركه لـ "بيتر"، ظهر من العدم، أجساد ذات عظام لا يكسوها لحم أو قلب! تتحرك من قلب منزل جاك متوجهة حيث سيارة "بيتر"، نظر نحوهم برعب وجلى الخوف على وجهه، أدار المحرك وسار بها في ناحية عكس الاتجاه، وكأن تلك الكائنات تمتلك أرجل سريعة! في لمح البصر كانوا أمامه مباشرة، حينما وصلوا إليه ساروا ببطيء لإثارة الفزع ودب الرعب في قلبه، حاول إدارة المحرك مرة أخرى ولكن كل حركاته تبوء بالفشل.

(4)

وهكذا وقع "بيتر" أسيرًا لهم والآخر ظل يركض بأقصى سرعته محاولًا الوصول لمنزل "سيدني" وبالطبع لم يسلم طريقه من العقبات، فبمجرد أن ابتعد عنهم قليلًا حتى هاجمته وحوش ضارية تحاول الإمساك به وقتله ولكنه بالكاد استطاع الهرب منهم، لم يلبث حتى وجد أعمدة الإنارة تتمايل بسرعة بالغة محاولة السقوط عليه ولكنه تفاداها ببراعة وخفة، وقف برهة يلتقط أنفاسه ثم واصل المسير لبيت "سيدني" التي كانت تقف في شرفة منزلها وما إن رأته يحمل اللعبة حتى تسارعت أنفاسها واضطربت نبضات قلبها وركضت إلى الخارج وهي تكاد أن تقتل "دانيال" من شدة غضبها.

- ما تلك الحماقة التي فعلتها، كيف تُخرج اللعبة من المنزل، أنت بفعلتك تلك تُزيد لعنتها قوة وتساعدها على الانتشار أكثر، ولن ينجو أحدٌ منا!

هتفت بتلك الكلمات وهي في حالة عصبية هيستيرية حتى "دانيال" دُهش من ردة فعلها، فهم المصابون بتلك اللعنة وليست هي فلماذا كل هذا الخوف المنبعث منها!

- ماذا سنفعل الآن "سيدني"، هيا ندخل إلى البيت ونفكر في حل تلك المعضلة.

صاحت سريعًا وهي تمسك يده بشدة:

- إياك أن تعبر بها إلى الداخل، ثم أضافت بتوتر وهي تحاول استعادة ثباتها بعدما رأت علامات التعجب على وجهه:

- تلك اللعبة ممسوسة وأخاف إن دلفت بها إلى المنزل تُصيبه ومن فيه باللعنة ولا أستطع مساعدتكما.

اقتنع "دانيال" بحديثها قبل أن تعود إلى انفعالها مجددًا.

- أين "بيتر" الآن؟

- لا أعلم، كنا نقف سويًا بعد أن أخرجنا اللعبة وعلى وشك ركوب السيارة، العربة لم تعمل جيدًا، أخذت اللعبة راكضًا لمنزلك، فُوجئت أنه ليس ورائي، ربما ينتظرني في المنزل أو ما شابه.

نظرت له "سيدني" بملامح وجه متجهمة ونبرة غاضبة:

- غبي! لقد اختطفوه عبدة الشيطان! هيا أرني أين تركته ريثما نستطع إيجاد حل.

سارا إلى حيث كان "بيتر" ولم يتعرقلوا في أي عقبات أو مصاعب مثلما واجه "دانيال" من قبل لأن "سيدني" مُباركة، هذا ما أقنع به نفسه، وصلوا أخيرًا إلى المكان المنشود ولكن لم يجدوا لبيتر أي أثر وكأن الأرض انشقت وابتلعته وهذا ما حدث فعلًا!

- ما الحل الآن؟

باغتها "دانيال" بذلك السؤال الذي زاد من توترها أكثر، وعندما همّت بالرد عليه ظهرت بعض الأشباح الضخمة يزيد طولهم عن المترين والنصف مع عيون حمراء تشع ضوء مخيف فجأة من العدم ظهروا، فشهقا الاثنان برعب واتسعت أعينهم في خوفٍ من القادم، حاولت الأشباح الهجوم على "سيدني" لم ينظروا سوى لسيدني بينما لم يخطوا تجاه "دانيال" الماثل أمامهم والذي يكاد أن يبكي من شدة الخوف.

تفادت "سيدني" ضرباتهم القاتلة ببراعة فائقة وكأنها معتادة على تلك الأمور ثم أخذت بيد الآخر سريعًا وانطلقا في طريقهما إلى المنزل حتى اختفت الأشباح.

وقفا يلتقطان أنفسهم التي كانت على مقربة من الانقطاع قبل أن يقطع "دانيال" ذلك الصمت المخيف بسؤاله:

- من هؤلاء ولماذا هاجمونا وكيف سننجو من براثن تلك اللعنة؟

- هيا بنا إلى منزل "جاك" وسأحاول تدبر الأمر.

انطلقا سويًا إلى المنزل و"سيدني" في موقف لا تُحسد عليه، فقد اقتربت النهاية!

*****

أما عن "بيتر" فمصيره الآن بجانب صديقه "جاك" تحت الأرض مُبهم، لا يعرفون حتى كيف سينجون بأنفسهم، مُعلقون من ذراعهم كمن يخضعون للتعذيب، النيران تُحيط بهم من كل جانب والدخان يملأ المكان، لا يعرفون أين هم وماذا سيحدث بعد ذلك، كل ما يعرفونه فقط أنه لا نجاة من الموت فهو محتوم!

هتف "بيتر" بنبرة تفوح منها رائحة الخوف:

- ماذا سنفعل الآن يا صديقي، نحن حتى لا نعلم أين يقبع ذلك المكان، كيف سيمكننا الخلاص.

- ليس أمامنا سوى الهروب، صمت قليلًا ثم تابع بتساؤل مصحوب باليأس.

- ولكن كيف وأيدينا مقيدة ولا نستطع الحِراك؟

- سنحاول، والأهم ألا نيأس.

بعد عدة محاولات فاشلة للتحرر أصبحوا قاب قوسين أو أدنى من اليأس، فمحاولاتهم ذهبت هباءً منثورًا بين أدراج الرياح، فجأة لاحت على عقل "بيتر" فكرة جعلته يُصيح بصوت مرتفع وعيونه لامعة بالأمل.

- النيران، يمكننا أن نُذيب الأغلال بواسطة النيران ولكن سنستغرق الكثير من الوقت.

- لا يهم، يكفي أن نتحرر ونخرج من هذا المكان.

وبالفعل بعد معاناة استطاعا إحلال الأغلال وتحررا مِمَّن قيدهم وانطلقوا هاربين من كهف الشيطان أو بالأحرى سُمح لهم بذلك وربما تفسير أخر لتلك الظاهرة...

*****

وصلا إلى منزل "جاك" وجلست "سيدني" تُفكر كثيرًا في الأمر حتى اهتدت أخيرًا إلى حل قد يزيح عنهم اللعنة.

أخرجت هاتفها واتصلت بشقيقتها ورفيقتها وطلبت منهم الحضور إلى منزل "جاك" فورًا بعد أن ينهوا مهمتهم لأمرٍ هام، بعد فترة قليلة في أثناء انتظارهم وجدا "بيتر" و"جاك" يدخلان المنزل وهم في حالة يُرثى لها وحكوا لهم ما عايشوه في كهف الشيطان.

قاطع حديثهم ولوج الصديقتين و"سيلينا" تهتف بسرعة وهي تلهث من كثرة الركض:

- ماذا هناك "سيدني"، ما الأمر الهام الذي جمعتينا من أجله؟

نظرت الفتاتان رأيا "جاك" المختفي، الذي ظهر وملابسه يشوبها الرثة، اهتدت عندما نظر لها "جاك" مُطمئنًا إياها.

نظرت "سيدني" بنبرة ثابتة وعيون كالصقر تخترق الواقفين أمامهم:

- وجدتُ لكم الحل.

هلل الجميع وانفرجت أساريره بسعادة لقرب نجاتهم من لعنة محققة، ربما أرادوا ولو أملٍ بسيط يخرجهم من المأزق الذي أقحموا نفسهم فيه، نظرت لهم "سيدني" بترقب واسترسلت حديثها لإعلامهم الفكرة، ثم تختم حديثها بالتأكيد على ما سيفعلونه ويحاولوا عدم الفشل في مهمتهم الأخيرة.

شرع كل شخص من الأصدقاء الخمسة في الحديث مع أحد رفاقه وإقناع كل منهم بالمجيء وقضاء بعض الوقت معًا وأنها ستكون ليلة لا تُنسى وفي النهاية نجح كلًا منهم في إقناع رفيقه بالحضور.

وصلوا الأصدقاء الخمسة "هاني" "مارك" "ساكورا" "إديموند" "مارلين" وبعد تبادل التحيات جلسوا معًا وأقنعوهم بتجربة اللعبة معللين بذلك أنها ستجلب الحظ السعيد لهم وبالفعل بدأوا في اللعب والخمسة الآخرين ينتظرون على أحر من الجمر.

*****

بعد شهر بالضبط مما حدث..

سمع الجميع خبر وفاة الأصدقاء الخمسة في ظروفٍ غامضة الذين ذهبوا ضحية أناس لا يعرفون للصداقة معنى ولا للوفاء عنوانًا فمنهم من انتحر، ومنهم من صدمته سيارة، وآخر توفي نتيجة ارتفاع هرمون الأدرينالين المفاجئ في الجسم، وأخرى وُجدت أشلاء جثتها داخل حوض الاستحمام، وأخيرًا وليس آخرًا فتاة مفصول رأسها عن جسدها بطريقة عشوائية امتزجت بالبشاعة، وجميعهم قُتلوا بيومٍ واحد وهذا اليوم يصادف مرور شهر على استدعاء أصدقائهم واللعب معهم.

جلسوا معًا برفقة "سيدني" التي أنقذتهم من موت محقق ولعنة قاتلة بالنسبة لهم وأخيرًا يُمكنهم قول إنهم استطاعوا التغلّب على قدرهم وهزموا لعنة اللعبة، تنفسوا بحرية وليس هناك ما يقلق راحتهم.

هتفت "سيلينا" بشكر وامتنان وهي تمسك بيد شقيقتها، تشكرها بعرفان:

- الشكر لكِ، أنتِ السبب في سلامنا الآن، لولاكِ لكُنا في عداد الموتى الآن.

تبسّمت في وجه شقيقتها قائلة بهدوء وحنان:

- أنتم من أنقذتم حالكم يا عزيزتي، أنا فقط فعلت القليل.

انهالت عبارات الشكر والتقدير على "سيدني" من الموجودين، انتهى الثناء عليها ثم عم الصمت، سمع الجميع فجأة أثر ارتطام قوي بالأرض تبعه اختفاء "سيدني"، تزامن مع شهيق الجميع بفزع وانكماشهم على أنفسهم، ظهرت روح كبيرة من العدم قائلة بصوت كفحيح الأفعى:

- أنتم بفعلتكم تلك لم تتخلصوا من اللعنة، بل أوقعتم حالكم في ورطة لن يستطيع أحد إنقاذكم منها، كنتم كالخرفان تُنفذ ما تُؤمر به فقط.

خوفهم من الروح وحديثها لا يضاهي شيئًا أمام خوفهم الآن عندما علموا أن تلك الروح كانت لسيدني!

(5)

هبّت "سيلينا" من مجلسها، تنقل نظراتها بين روح شقيقتها وبين أصدقائها، الرعب والذعر يتركزان على ملامح وجهها دفعها ذلك لمهاتفة "سيدني" بخوف:

- سيدني.. إنك بالتأكيد تمزحين، تريدين أن ترعبينا فقط أليس كذلك؟

ضحكات متتالية، مع صوت صاخب يرتفع درجة تلو أخرى، هتفت من وسط ضحكاتها:

- ولمَ سأمزح معكم وأنا من وضعتكم في تلك اللعنة؟!

ثم أضافت مصححة:

- بالأحرى أنا وأبي وأمي، ووالدا "جاك" اخترناكم فدية لنا.

صاح "جاك" عاليًا تبعه نهوضه من مجلسه بغضب:

- إنكِ تهذين بالتأكيد، لا علاقة لكِ بأمي وأبي.

ثم أضاف مستهزئًا بحديثها، ولا يعلم كيف صاحبته كل تلك القوى التي منحته أن يقف أمامها ويناطحها:

- أبي وأمي من رفضا أن ألعب تلك لعبة.

تبعه ردها على الفور:

- إنك تنسى بحق، لقد صدقا في حديثهم معي بشأنك.

أكملت حديثها وبسمتها لا تفارق وجهها البشع:

- لا تنسى أن والداك سافرا فجأة وأدخلوا لذهنك أن تدعي أصدقائك حتى تقضوا يومين مع بعضكم البعض قبل أن يعودا من الخارج.

ثم أكملت ببطيء لتثير الخوف بأفئدتهم:

- والداك حذراك من اللعبة التي تركها لك قبل أن يسافرا محذرين إياك بألا تلعبها مع أصدقائك أو بمفردك حتى لا ينقض عليكم كل ما هو مكروه" قالا ذلك وهما يعلمان تمام العلم إنك فضولي، وإن لم يخبراك بذلك لم تكن لتفتح تلك اللعبة أبدًا.

انتابه الصدمة... رعشة بالجسد... فلقد فعلا والداه ذلك ليحوّلا اللعنة عليه وعلى أصدقائه ليفلت الجميع من براثن اللعبة، لم يكن يدرك أن اللعبة مسحورة بسحر أقوى وأعتى الأسحار في العالم وهو سحر "لوسيفر" التي استخدمته الملعونة في اللعبة، لتمنع حدوث أي خلل أو أخطاء كتلك.

انتشلته من صدمته قائلة وهي تنظر لهم جميعًا وهم في حالة إعياء شديدة:

- أنا من استدعيت لوسيفر، أنا من استخدمت سحر لوسيفر ووضعته في اللعبة، إنه قادم إليكم لا محالة، أنا من وضعت مهامكم، وكنت أجزم إنكم ستفعلونها بالحرف، ولكن ما صدمني هو خروج "دانيال" باللعبة من منزل جاك، دبّت تلك الحركة الرعب في أوصالي، فخروج تلك اللعبة من منزل جاك تعتبر دماري، ولكن حدث عكس ما توقعت، أنا حية وبروحين مثلما تروني الآن.

نظرت لشقيقتها "سيلينا"، متركزة عليها وهي تكمل:

- أكنتِ تعتقدين أنني أساعد الجميع، وأنني مباركة كما خدعتك، وخدعك أبوانا؟

أكملت مُجيبة:

- قلت لكِ ذلك مُنذ عدة أزمان حتى أقنعك وتنفذين ما أردت، أحرف اللعنة نُقشت على قبوركم لا هروب الآن يا عزيزتي " م ب ل ي" نظر لها الجميع متعجبين حديثها ما عدا سيلينا منكسة الرأس، أردفت مكملة:

- ما بدأ لن ينتهي.

لم يفهموا الكلمات جيدًا فهي كانت تقولها باللهجة الغريبة عنهم ثم قالتها بلكنتهم الفرنسية، فهموا إلما ترمي، وذلك ما زاد الرعب في أفئدتهم.

بينما ذرفت "سيلينا" دمعة ويليها أخرى، الخوف.. الجبن يعتلان صدرها، نبضات قلبها لا تهدأ، فما تصارحها به شقيقتها التي تكبرها عدة أعوام لا أكثر، يعني دمارها حتمًا، كيف قبلت تلك الشقيقة أن تدمر أختها؟ ألم تشعر بذلة ضمير تجاها ولو للحظة؟ إنها تريد أن تقتلها بلا شك، أن تقدمها كقربان للشيطان الأعظم يؤكد شكها الأزلي بأنها لا تحبها، وإنها ولدت فقط لتلتقط تلك اللعنة ممن يُسمُّون أهلها.

تماسكت قليلًا سيلينا، وأثبتت لها -أو كما تحاول- أنها لا يهمها الأمر، ولن يخصها الآن!

صاحت "سيلينا" ونبرات الغضب متملكة منها:

- أتعلمين سيدني، لم كنتِ تغيرين من معاملة والدانا لي بحب وأنتِ لا، لأنكِ شيطانة ملعونة، وأكاد أجزم أنكِ من أقنعتهما أن يتخلا عني ويتركاني في جُحرك.

في حين "سيلينا" و" سيدني" يتقاتلا بالنظرات والنبرات.. والحديث أيضًا! تسحب "جاك" من أمامهم حتى وصل لمرقد النار، هتفت سيلينا بسخط وسخرية من شقيقتها قائلة:

- طالما كنتِ خرقاء "سيدني"، تريدين أن تصلي لما تبتغيه، وتفشلين دائمًا.

انفرجت شفتا سيدني من الضحك وقالت مقاطعة ضحكتها:

- وكيف فشلت وأنا من حتم على حياتك بالموت المؤبد!

- ألم أقل لكِ إنكِ خرقاء!

ثم وجّهت نظرها لـ "جاك" الواقف بجانب مرقد النار وبصحبته الولعة التي في لحظة سيشعلها في الحطب قالت سريعًا وهي تحيد النظر عنها وترتكز نظراتها على صديقها:

- أنسيتِ إنك قلتي ثم قامت بتقليد حديثها بسخرية.. باستهزاء "ولكن ما صدمني هو خروج "دانيال" باللعبة من منزل جاك، دبت تلك الحركة الرعب في أوصالي، فخروج تلك اللعبة من منزل جاك تعتبر دماري"، استشعرتُ تلك الأرواح وهي تلج إليكِ وتريد دمارك، لقد رأتني "چينفير" وأنا أنهار ولكني كنت أصارع تلك الأرواح حتى لا تؤذيكِ، ولكني لم أكن أعلم أنني أساعدك، شكرًا حديثك أوضح لي ما حدث، لقد كنت حارستك الخاصة يا "سيدني" وليس العكس كما خدعتني، قلتي لي إنك فعلتي "عهد الدم" لحفظي، بل كان لحفظك وليس أنا.

ابتلعت ريقها ثم أكملت بقوة أكبر من ذي قبل:

- بقاؤكِ على قيد الحياة كان بفضلي أولًا، لهذا دائمًا كنت أشعر بالهذلان بعد كل شخص يأتي لمنزلنا واعتقدت أنك تعالجيه، مثلما صرفت عنكِ الأرواح سأجلبها لكِ لأتخلص منكِ.

قبل أن تتحرك سيدني قيد أناملها، أشعل جاك الحطب، ثم تلت الأبيات التي هاجموا ذهنها ولسانها أصبح غير لها، ففي شخصًا آخر يحركه لا هي، قالت العبرات وهي لا تعرف ما هي، وكيف حفظتهم عن ظهر قلب... ظهرت الأرواح من العدم، موجهين نظراتهم عليها... عليها هي فقط! سيدني بالتأكيد!

هجموا عليها في لحظة إلا أخرى، ظلوا يأكلون روحها.. يهشمون عظامها وصراخها لا يكف! قضوا على روحها، فبوجود الأرواح فقط يستطيعون تدميرها بدون منازع، صراخها على في أدراج المكان، بينما اللعبة أخرجت صوت وصوته أعلى من صراخ أسد الغابة، إنه بالتأكيد "لوسيفر" يهاجمها الآن لعدم وفائها بالعهد وإرسالها للقرابين التي اتفقت معه عليها، رفع جسدها للأعلى، فُصل رأسها عن جسدها، وكأن الجاذبية تسحب جسدها تاركة رأسها بالأعلى، الدماء تتناثر في كل بقعة وصراخها يدوي بأرجاء المكان أكثر فأكثر، يديها الاثنتين يتحركان في عكس الاتجاه، كأن الجاذبية على الحائط المقابل لكل يد، انفصلت يديها الاثنتان عن جسدها، مثلما حدث مع قدميها، بقي جسدها في المنتصف فقط، نظر جميعهم لبعضهم البعض، فبعد تلك الحقيقة الموجعة والموت البشع الذي سببه لها

لوسيفر لا يدركون ما عليهم فعله الآن! عليهم رمرمة ما فعلوه بالعالم، عليهم إنقاذه كما أغرقوه، تجهمت ملامح وجه جينيفر وهي تفكر في الخطوة القادمة فوقفهم بذلك الموضع لا أهمية له، هتف "جاك" ذو القلب المحطم من أبويه:

- ماذا علينا أن نفعل؟ كيف نُصلح أخطاءنا؟

أكمل "دانيال" وهو نادم بحق:

- لقد اقترفنا بتجاه أنفسنا وتجاه البشرية خطأ فادح.

وجّهوا أنظارهم لـ "سيلينا" التي ظهرت وكأنها تحولت لشخصية أخرى بعد فعلة شقيقتها تلك، من الشخصية الجيدة.. الطيبة.. إلى ملامح أخرى، وكأنها لم تعرف الرحمة أو الطيبة يومًا، هاجمت ذكرياتها معاملة والديها لهم، كانا يدللان "سيلينا" عن "سيدني"، وكانت تنظر لها شقيقتها نظرات ذات معنى، يتضح منها الغل! عندما كانت تنظر إليها كتلك النظرة ترتعب وتبتعد عن والديها حتى لا تحزن "سيدني"، "سيدني"... هي من ابتدعت اللعنات والسحر الأسود، هي من اخترعت حروف اللعنة تلك حتى لا ينشئون أو يبدون أي محاولة لترشدهم إلى الخلاص من اللعنة تلك...

حينما كانت سارحة في اللا منتهي، تشدق "جاك" قائلًا:

- أعرف طريقة لننتهي من تلك اللعنة ولكنها صعبة، وإن أوقفناها بتلك الطريقة، ستحل اللعنة من فوق رؤوسنا وعن العالم أجمع، قالها لي جدي وأنا صغير، لم انتبه لها عندما غصنا في تلك اللعبة!

انتبهت سيلينا له، ومقلتيها تذرف دموع كثيرة، مسحت بكفيها عينيها، قالت بصوت متحشرج حاولت أن تبث فيه الثبات:

- وما الطريقة إذن؟

أجاب "جاك" بثقة وكأنه تذكر شيء مهم هاتفه به جده!:

- سأقص عليكم.

ظل الجميع منصت إليه في إنصات تام.

الخاتمة

أخبرهم "جاك" بما يعرفه وأن عليهم عبور بوابة العالم السفلي حتى يتسنى لهم إصلاح خطأهم الذي اقترفوه في حق الجان عندما حرقوا مقابرهم عن طريق الخطأ بدلًا من مقابر البشر.

هتف "جاك" قائلًا وعيناه تجوب من حوله بتساؤل مصحوب بالقلق:

- كيف سنجد تلك البوابة؟

كانت الإجابة من نصيب "چينفير" الذي أسرعت قائلة:

- أعرف كاهن بإمكانه مساعدتنا، هيا بنا لنذهب إليه.

وافق الجميع على حديثها وذهبوا وفي طريقهم اعترضتهم عاصفة رملية شديدة جعلتهم يضلون الطريق لفترة ثم اهتدوا إليه لاحقًا.

كهفٍ صغير لا يتعدى حجمه غرفة يجلس رجل ضخم الهيئة ذو شعر أشعث مجعد ولحية بيضاء طويلة، من يراه يقسم أنه من أعتى السحرة.

تحدثت "چينقير" بلهجة حذرة وهي توزع نظراتها بينه وبين البقية:

- أنت الكاهن أليس كذلك، نحن نريد المساعدة في عبور بوابة العالم السفلي.

انتبهت جميع حواس الكاهن لمَ تقول ثم التفت إلى جانبه وأخرج من علبة قديمة موضوعة بجانبه مفتاح كبير نسبيًا وقدّمه لها قائلًا بنبرة جافة:

- يفتح هذا المفتاح فقط في مقابر الجان عند الثالثة بعد منتصف الليل حينها ستعبرون للعالم السفلي ولكن عليكم الانتباه لن ينجو أحد بمجرد شروق الشمس، عليكم إنهاء عملكم قبل وضح النهار وإلا ستصبحون أسرى العالم السفلي.

- سنعود قبل شروق الشمس.

بمجرد خروجهم من هذا تنفسوا الصعداء قبل أن تهتف "سيلينا" بحزم:

- سننهي عملنا اليوم دون تأجيل سنذهب في الساعة الذي قال عليها حتى ننتهِ من تلك اللعنة.

قبل الجميع بحديثها وإن كان الخوف يأخذ راحته بين ثنايا قلوبهم.

استطاعوا أخيرًا فتح البوابة والعبور بداخلها ليجدوا عالمٍ بأكمله يحكمه "لوسيفر".

كهفٌ كبير في مكانٍ أشبه بالصحراء، تتميز حوائطه بتعرجها الملحوظ مع انتشار أعدادٍ هائلة من الغربان، علاوة على ذلك الضوء الذي يملأ المكان رُغم عدم وجود مصادر إضاءة، المكان هادئ قليلًا إلا من أصوات نعيق البوم التي تعبئ المكان التي تتناقض مع عدم وجود البوم في المكان، النيران تملأ المكان مع أصوات أنفاس ثقيلة تنافس في علوها أصوات النعيق.

صُعق "بيتر" ونظر إلى صديقه "جاك" الذي استحوذت عليه الصدمة أيضًا ليهتف الأول بخوف وما زالت الصدمة مرتسمة على ملامحه:

- هل من الممكن أن نكن سجناء العالم السفلي ولا مفر من الهروب!

عقّب "دانيال" على حديثه بدهشة اعتلت ملامحه:

- ماذا!!! حين اختفيتم لم تتحركوا من هنا، ماذا يحدث بحق الجحيم.

"چينيفير" بلهجة قوية قليلًا:

- لا يهم الآن، يجب أن نُنهي عملنا قبل بزوغ الشمس يا رفاق وإلا أنتم تعرفون العواقب.

صمتوا جميعًا وانطلقوا يستكشفون المكان حتى قابلهم سرداب طويل ينتهي عنده عرشٌ كبيرٌ مرصعٌ بالجواهر الثمينة والأحجار الماسية وجميع أنواع الزينة، ولمَ لا وهو عرش إبليس، عرش "لوسيفر".

فُزع الجميع لأجل طلته الباغية التي بثت الرعب في نفوسهم وجعلتهم يتراجعون للخلف وهم يلتصقون بأجساد بعضهم البعض، حاولوا استعادة ثباتهم ومحاولة إقناع "لوسيفر" أن هذا لم يكن خطأهم وأن عودته مجددًا في هيئة لعنة مسّت اللعبة كان لها السبب الأكبر فيما هم عليه، وبعد عدة محاولات كادت أن تفشل عفا عنهم "لوسيفر" شريطة أن يقدمون قرابين وعهود بأرواحهم بأن يساعدوه مهما حدث وبالطبع وافقوا فرحين وعند عودتهم كان أول شعاع النور بدأ في الظهور تبعه بزوغ الشمس انتهاءً بسجنهم مدى الحياة في العالم السفلي بلا رجعة، ليصبحوا بذلك أسرى العالم السفلي فعليًا.

في الحقيقة لم يعفُ عنهم الشيطان هو فقط أوهمهم لسببٍ لا يعرفه إلا هو.

تمّت بحمد الله